歌集

晩秋賦

西勝洋一

六花書林

晩秋賦

＊

目次

装画　石山宗晏
装幀　真田幸治

晩秋賦

邯鄲の声

2002（平成14）年

任地を去って帰りきたれば花束が四つ届きおり四月一日（定年退職）

〈生き得たりいくたびも降る春の雪〉波郷の一句が沁みくる夕べ

昨夜《よべ》聴きし佐藤しのぶの声すでにおぼろとなりて行く朝の道

「新人賞」から「髙瀬賞」へと呼び変えて選びゆく初の会に連なる（東京）

一葉《いちよう》の使いし井戸を見に行くと五月の駅に人を待ちおり

君を待つ午前十時の地下鉄の駅舎に鳩が舞い降りてくる

卯の花に夕風充ちてカレーラス唄う「つれない心」聴きおり

夜ふかき三鷹を過ぎて丹羽文雄『遮断機』をまた思い出すなり

昼近く蕎麦屋に車を走らせる農業高校英語科講師

「パーティーに教師は入れたくない」と言う田部井淳子の言にうなずく

一万歩歩いて今日のノルマ終うよろこび淡き五月の夕べ

妻も娘も勤めに出でて事もなしゆっくりゆっくり淹れるコーヒー

幾年も苦しみ伸びし松の木の根方に一輪のツユクサ咲けり

〈帰らざる橋〉に静けき蟬の声　板門店に聞きしかの夏

タンザニアの黒いランナー駆け抜けて澄みわたりゆく札幌の空
（札幌マラソン）

「いわて乙女」という竜胆が売られおりあまたの乙女秋風のなか

吹く風のすでに冷たき夜の庭に邯鄲《かんたん》の声聴きて立ちおり

灯籠が浮き沈みして流れゆきふいに見えなくなりし夜の闇

「スローライフ」「スローフード」と今頃になってころりと変わるんじゃないよ

仏壇のお菓子を一ついただいて夜更け机に向かわんとする

わが後を付きくる若き犬がいて冬の瀬音を共に聞きおり

午睡より覚めたる耳に聞こえくる東海林太郎の振り絞る声

読まぬまま棚に古りゆく一書あり『鋼鉄はいかに鍛えられたか』

手袋を買いに行こうか十二月わが失くしたる手袋いくつ

外連味のない人とだけ付き合っていきたいのです。では、さようなら。

新雪

２００３（平成15）年

略歴に込めしさもしさ物欲しさ二〇〇三年まだまだ捨てよ

同輩の昇進に切れしあの人も穏やかに新年の宴に交じる

「新雪」を好み歌いし校長も鬼籍に入りて睦月はや過ぐ

氷片をあまた浮かべて流れゆく石狩川の豊かなる音

白楊《どろ》の木のぶっきらぼうにも陽は及び明るく寒い北国の春

ＮＨＫ学園を出て国立《くにたち》の桜並木を歌友らと行く

ピラカンサ実る垣根を通り過ぎて勇躍と夜の巷へ急ぐ

滝桜は見るべくもなく霙降る三春《みはる》の町にうどんをすする

雨後の街たそがれてきて灯は点る静かにわれを去りゆきし人ら

「悩める教師を支える会」を立ち上げて来場を待つ春の半日

教師タイプは苦手というより嫌いです　ライラック咲く庭に聞きおり

「サンシュユの黄色い花が咲きました――」君のメールをいくたびも読む

初夏の神居古潭《かむいこたん》の山に入りヒメギフチョウを捕りし遠い日

人倫を熱く語りて弾かれし五十男が転ぶ夜の街

「ホルモン会」と名づけ職場の仲間らと焼肉の店をあまた巡りき

「M先生！」と声を掛けんとして気づくM先生すでにこの世に在らず

ひたすらに『道は開ける』を読んでいる頭髪薄き対面の人

小泉総理が藤沢駅頭に手を挙げて歓呼の声に応えておりぬ

晩秋の相模に来たり　ひっそりと歌人ひとりが死んでいた町（悼・小中英之）

馴染みだったと聞き及びいし居酒屋の前まで行きて入らず帰る

本郷の坂を下りゆく昼さがり柘榴は裂けて枝にありたり

そのかみの『日米会話必携』が古りつつ我を憐れむごとし

楡の木の皮べきべきと剝がれいて深まる秋の雨に濡れおり

冬の日のペットショップにアライグマ売れ残りいて五年の月日

雪撥ねに倦みて見上げる青い空二〇〇三年もう暮れてゆく

イラク

2004（平成16）年

宗谷線の一両列車にただ一人の乗客となり雪原を行く

外壁の赤も褪せつつ立つサイロ用なきものも冬野に残る

「君のだんなはイラクに行くの?行かないの?」雪の降る町に話題増えてゆく

妻と二人〈スーパーひたち〉を待つ駅に紅梅白梅五分咲きの景

梅まつりの園を巡れば控え目に「思いのまま」という梅がある

犬の鼻濡れて夕陽に光りおり春ゆたかなる流れの岸辺

バイアグラをくれると言いしＰＴＡ会長も逝き野を遠ざかる

モクレンのみだりがわしく咲く午後を竿竹売りの車過ぎゆく

リラの香の雨の匂いにまじりきて捨てし言葉をまた拾いくる

花冷えの朝の家居に妻が弾くショパン「別れの曲」を聞きおり

芳しき花のかずかず巡り咲き生きてあまたの死者を捨てゆく

今日よりは「就職支援ナビゲーター」ハローワークのブースに座る

「作家」「詩人」「俳人」あれども「歌人」なし『13歳のハローワーク』に

求職票を百枚捲り一日過ぐ今さらに知る生きる厳しさ

ダイエーの「応援感謝セール」にてブレザーコートを一着増やす

蔓バラの陰に紫陽花ひんやりと咲ける午後なり　海まで遠し

レンブラント六十三歳の自画像を真夜のテレビに観て床に就く

遠来の小島ゆかり氏と歌いたる「北の宿から」フォーラムの夜

（遠軽町生田原《いくたはら》）

晩秋の新宿御苑さんしゅゆの虫に喰われし葉も戦ぎいる

友と酔いしはここらあたりか高円寺の食堂に食む松茸ごはん

老年の性のゆらめく『山の音』木枯しの吹く夜を読み継ぐ

「宦官」というを初めて知りし日の光あふれる春の教室

「一杯のかけそば」という物語思い出しつつざる蕎麦を食う

アラファトの巨額財産に白けつつ霜月半ば爪を切りおり

寒い朝の氷に触れて傷つきし指の血をなめ職場へ急ぐ

犠牲死

２００５（平成17）年

雪しまく街を歩みてスーパーに入れば花屋に白梅かおる

堅雪をふんで岸辺をゆく朝の風やわらかし三月の空

春近き原野にヤナギが芽吹きおりあの人も晩節を汚していたり

粗相して叱られたればわが犬はしずかに玄関の隅に伏しおり

肺ガンで死んだ同期がもう四人　春あけぼのの空を見上げる

生きざまの清く恐ろしき歌人と思いていたり　林安一（悼・林安一）

『風の刑』を取り出して読む　岸上の後を苦しみし青春ありき

生きのびてまた巡り会う初夏の泰山木の大いなる花

鎌倉の大仏六月の陽にほてり修学旅行以来の再会（高校同期会）

旅の恥はかき捨てという考えはダメと戒めてくれし師ありき

由比ヶ浜寄せ来る波に立たんとしサーファーひとり崩れゆきたり

神職を首になりたる男来てその顚末を語りて帰る

従業員を家畜のごとく扱うと泣きつくように訴える人

学あれど知恵の足らざる講師だと思いつつ三時間の講習に耐える

肩書きの多い母親にネグレクトされし少年Sを思い出づ

何となく擬態と思う会からのイベントの案内が今年も届く

民営化の果ての犠牲死百余名　ＪＲ西日本の事故は

数学の夢をこのごろ見なくなるトラウマひとつ消えたるらしも

「あじさいを取りに来いよ」と言いくれしK先生は忽然と死す

アメリカのワンダ夫人よりメール来て返信せんと励む二時間

人おらぬ隣家の庭に揺れている秋明菊のいつまでの白

夕暮れのタワーを仰ぐやみくもに一万八千歩を歩きし後を

うたた寝をしている間に滅びたる平家　日曜の夜も時代は移る

うずたかく雪を積ませて玄関に風鈴鳴らす家を見て過ぐ

オリオン座かたむく空に雲少しあり氷点下十九度の街

追憶

2006（平成18）年

空晴れてはつかはなやぐ冬景色　柏並木をひとり歩めり

真夜中に犬に隠れて食べているケーキの残り　誕生日過ぐ

働くことはみんな世のため人のためと思いいし頃の奢り高ぶり

霊媒師は何処にいるかと尋ね来る老人あり朝のハローワークに

「東京では――」「東京では――」と小煩き求職者来る昼のオフィス

ドア越しに「まてどくらせどだめだな」と呟く男昼のトイレに

ダチョウ牧場より求人ありて求職者リストを急ぎめくる午後なり

男性の看護師を雇ってくれないかと電話六本掛けて午後五時

喜多君の一周忌に届きし写真展案内に大雪山《やま》の残雪映える

スズカケの鈴をゆらして春の風吹けば思ほゆ学寮の日々

木瓜の花紅《こう》を深めて夕暮れの庭に揺れおり五月過ぎゆく

六・一五と言っても半世紀前のことニセアカシアの花咲き揃う

ＳＨＩＮＪＯの足の長さよ六月の札幌ドームに家族三人

クラスチームのピッチャーたりし頃のこと語るほどでもないが懐かし

子供神輿に付いて歩いて一万歩ノルマを果たし冷麦すする

傍らに来てふかぶかと眠りいる犬見れば犬の一生も淋し

〈伝説の塩ラーメン〉を食べたいと友遠方より来たり楽しも

落ち葉しく丘のホームに並びいる老いたる人らのそれぞれの窓

御曹司たりし旧友がタクシーの運転席にパンを食べおり

隠れ煙草で小火《ぼや》を出したる校長の記事を読みつつ笑えり少し

鮭一尾をたちまち捌き何事もなかったように妻は書を読む

老人は冬の旅人　ひっそりと歩み過ぎたりその影もなし

「歌い流し過ぎる」と小中英之が言いくれし手紙が出でくる夕べ

孫の宿題を教えてくれと疎遠なりしN君からの電話ありたり

逆転の満塁ホーマーを打ちたしと言いし少年のその後は知らず

冬景色

２００７（平成19）年

わが前の次長の席であの男が三日に一度は注意されおり

出勤して必ずくしゃみを一度する同僚の側にはコーヒーを置かず

彼女また無断で休み上司らは右往左往す三時間ほど

仕事を探せど探せども無き熟年の男が切れて怒鳴り始める

三度目の退職の日が近づいてまた吸い出した煙草の煙

石原がまた出るのかと舌打ちをして同僚は昼食に出る

北国の瀕死の町に及びつつコメンテーターの東京目線

拓銀に続き夕張が見せしめになって凍《しば》れる日々を送るか

三月の雪間の草を犬は嗅ぎわれはにれかむ遠い別れを

手の平を返す仕草の見事さを四月になれば思い出しおり

「燃えるゴミ」「燃えないゴミ」と分けてゆき終に残れり「分からないゴミ」

モンスターペアレントらに殺されし女教師のこと雑誌に読めり

ダークダックスの残りし三人の歌声が春の札幌のホールに湿る

カトリック共同墓地に眠りいる館石敏夫を訪ねゆく坂（函館）

歌の仲間三人揃い炎熱の日の蛇崩《じゃくずれ》の道を上りぬ（東京）

佐太郎の家を確かめ帰るさに渋谷の街でトンカツを食う

円覚寺の髙瀬一誌の墓に参り墓を洗いて花を供える

人生の至言のいくつ賜いたる歌人《うたびと》は夏の盛りを逝けり（悼・大塚陽子）

草原の木椅子も朝の露に濡れ長き不在の始まる秋か

真夜中の坂の上まで万灯は続きてわれら群れて待ちおり（風の盆）

内へ内へと思いを溜めて弾く胡弓路地の奥まで染み透りくる

地方《じかた》・立方《たちかた》しずかに町を流れゆき夜はしらじらと明けてきたれり

老残の姿つくづくと観ていたり『ウンベルトD』秋の夜の部屋

喪の家を訪ねんとして霜月の夕闇ふかき街に迷えり

夕張川は半ば凍りて寂寥の極みのごとき冬景色なり

セレナーデ

2008（平成20）年

一月の雪の降る夜を町内会役員会に来たりて座る

ぼろぼろの心を抱いて泣いていた女教師よりふいに絵葉書届く

春分の日は過ぎたれど校庭に二メートル余も積む雪の嵩

リハビリの足を引き摺り歩みゆく同級生には声掛けず過ぐ

「学生王子のセレナーデ」ふいに聞こえきて四月の朝の胸疼くなり

淋しさは五月の青い空の下にいやまさりつつ前登志夫亡し（悼・前登志夫）

花の吉野に逝きし歌人の歌集・歌書を読み返しつつ旬日は過ぐ

禁煙は続いていますという嘘をつきて真昼の病院を出る

学校叩きがまた始まってシェルターに転がりきたる教師三人

キャスターが来て我に問う学校に困った親たちが増えてきた理由《わけ》

人倫をよく説きおりし女教師の冷たく周囲を切ってゆく様

唐突に退会するという人あり困らないけど不思議な感じ

薄皮が剝がれるように癒えてゆく傷のいくつはありて生きゆく

何もない一日こそが幸せと加藤諦三氏が説けばうなずく

東照宮にてころがり落ちしフリスクのひと粒は今も眠りいるらん

「牛乳を注ぐ女」に群がれる一人となりて会場に立つ

大東京のどこかに忘れし林翔句集は誰かに読まれているか

『ノルウェイの森』の感想を求め来しワンダ夫人のメールに惑う

夏の日の想い出のため挟みおきし椎の一葉の褐色深し

晩秋の風吹き渡る草原にオオカマキリは静かに歩む

寂寞の野を走りたる銀河線廃線ののち三年過ぎたり

お食事券ぐらいで済ませばよかったのに汚職事件に至るプロセス

リップサービス多き男の傍らに居て二の腕の痒み増しくる

こんなにも雪が積もっていいのかと思いつつ師走の朝を迎える

同級生十人揃い温泉に行く計画はにわかに進む

グラデーション　　　　２００９（平成21）年

タラバ蟹どでんと座り食卓が華やぎおりしは過ぎし日のこと

歳月は流れて残るガリ版の賀状一枚　描きし人亡し

雪の中より徐々に石段が現れてくる喜びの春のいく日

石塊に翅を広げてクジャクチョウひっそりと春の陽を受けており

少年のわれの座右に常ありし『原色日本蝶類図鑑』

「短歌入門講座」を開く　旭川駅の二階の文化センター

土砂降りの中を歩める茂吉見ゆ　昭和七年・夏・志文内

山峡に開かれしこの集落にわが若き日の三年ありき

志文内川に山女《やまめ》を釣りしことはるかな夏の思い出として

会合の時間にいつも遅れ来るこの女教師はいつもほがらか

選者になったならなかったと騒ぐなよ五十歩百歩の歌界にありて

「齋藤瀏・史展」の関連講演にあまた備えて僅か話せり

ご子息やお孫さん等も聞きおりて心引きしめ責を果たせり

秋深しクローゼットの片隅にサイズの合わない背広が五着

森光子が歌う「センチメンタル・ジャーニー」の危うき調べ昼の明治座

遥かなるシカゴの空に響く声 “Yes we can” に思い明るむ

入籍をしたとの便り富士山の見える町より来たり　幸あれ

霜月もはや半ば過ぐ　「仕分け人」の上から目線が気になりながら

あれほどに我を頼って来たひとり東京に去りて音沙汰あらず

樺の葉のはらはらと散る傾りには鳥の骸のひっそりとあらん

雪虫は舞いきて服に纏いつく木枯しさむき道を歩めば

同期会の酒宴もすすみ大橋君がまた歌い出す「大利根無情」

肩書きで埋まる名刺を配りゆくこの歌人《うたびと》のさびしさ分かる

あの頃は肩で風切り歩みおりしS君病みて幾年と聞く

冬の雨しずかに降って池の面に六十三羽の鴨ら動かず

五十年の後　　　２０１０（平成22）年

汽車にまた乗り遅れたる夢を見て覚めれば新年の雪の大降り

妻子らは仕事に行きて犬とともに静かに暮らす一月五日

昨日聞き今日また聞けり朝の庭にエゾアカゲラが木をうがつ音

青雲《あおくも》の流れる午後を人ひとり死してひっそりと家を出でゆく

二人してエリカの花を見に行けり黄金週間それのみに過ぐ

民生委員・児童委員の委嘱状を受けつつはつかにこころ緊まりぬ

新茶のお礼歌集のお礼かまぼこのお礼など書き半日は過ぐ

三人と犬一匹に過ぎてゆく可なき不可なき家族の時間

なつかしい三本松の下で会おう高校卒業五十周年

「行きたいが、行けない」というK君の東京よりの絶え絶えの声

同期会　恩師の長いあいさつに微笑みながらわれら座しおり

記念誌に協力せざる同期生の職業に多き元教師、医師

『ゼロの焦点』夜汽車に読みて受験地に向かいし十八の春遥かなり

東京に着いて友らと見にゆきし佐久間良子の練馬区の家

秋風の木曾路を共に歩みしが脚の力は妻より劣る

生い茂る檜・杉の木　われら歩む道細くして峠に続く

外つ国の若き女の太き脚われらを追い越し見えなくなりぬ

彼岸花ひっそり揺れる集落を過ぎてようやく妻籠に至る

東京に出て生き延びて五十年のＭ君をヨドバシカメラにて待つ

深大寺の「鬼太郎茶屋」に求め来し目玉親父のメモ帖に歌を

朝まだき枯葉も雪も飛んでいて冬に入りゆくわが北の街

万両の実はあかあかと照りており我に希望のなきにしもあらず

そのかみの炭鉱街に来て食べる「おばちゃんラーメン」という旨きもの

あの頃の超悪餓鬼の顔のまま名士の欄に微笑む男

量販店にてシャツ一枚を買いしのち年の瀬寒き真昼を歩む

今年の秋

２０１１（平成23）年

歳末に消えたハサミが屑籠の中より出でくる一月六日

火祭りに行きてお札を持ち帰りきたる娘は厄年という

白楊《どろ》の木の大きく傾ぐ雪原に春の光はもうすぐ届く

「フィリピンの貧しい子どもを支援しています」だなんて　黙ってやれよ

妻が起き犬が階下に下りてゆくこの定型に朝は始まる

木村兄の通夜終えし夜を東北に地震、津波のニュースありたり

就職列車の窓に泣きつつ手を振りて去りし少女を今に忘れず

あの日から四十六年　三月の海に攫われ不明との報

善意なれども四月の街にこだまする「がんばろう」という空語いくつも

無理矢理に聞こうとしてはだめなのだ　静かに口を開く時まで

散りかかる辛夷見ており　唐突に人を失うことに慣れつつ

六〇年代のフォークソングが流れくる「ザ・リガニーズ」はざり蟹のこと

大阪の「君が代起立条例」の何だかいやな感じの知事だ

特養ホームに元同僚を訪ねればジグソーパズルに参じておりぬ

サイモン&ガーファンクルが好きだったのか高橋先生の通夜に流れる

スズランの実が赤くなり秋の風吹く頃われも蘇生してゆく

だましだまし生きゆくことも良いのだとの香山リカさんのコラムを読めり

池上線に一度乗りたく品川よりＪＲ五反田駅に降り立つ

古希を迎えたエッセイを書けとの電話くるそぞろに寒い秋の朝を

「老境を突破する」との言葉あり正宗白鳥『今年の秋』に

祖母の卒寿の祝いの席に「花街の母」を歌いしこと思い出づ

木村隆の形見分けなる『昭和史』の二冊を読み終え冬を迎える

インフルエンザ予防接種を受けたれば大威張りして夜の街を行く

学歴も就職先もブランドをさりげなく出す長いあいさつ

齋藤茂吉、齋藤瀏や史のこと調べ書きつつ一年過ぎき

十年を越ゆ

2012（平成24）年

行き暮れて歌うがごとき「冬の旅」二月の朝のヘルマン・プライ

F先生から退職祝いにいただきし紺のクレージュのネクタイ締める

北国に住むことふいに腹立たし四月四日も霏々と雪降る

さまざまな思惑絡みて啄木の歌碑・像成れり没後一〇〇年（旭川駅）

カタクリの花びっしりと咲く丘を妻と犬とを連れ立ち歩む

「太陽を直視するな」と東京の我に娘からメール来ており（金環日食）

大井町の「東京チカラめし」という店に気後れしつつ入りぬ

いなり寿司を万引きしたる七十歳の男の記事を三度読みたり

つぎつぎにオオムラサキが羽化すると聞きて「ファーブルの森」へと急ぐ

むらさきの翅を妖しく光らせてオス蝶は飛びメスは添いゆく

サーカスは今日で終わりという朝の長蛇の列に連なり歩む

定年の年より飼いきしシェルティーと共に十年を越えて夏なり

生きている図書館、死んでる図書館と巡りて夏の半日は過ぐ

金だ銀だと小煩き日々過ぎゆけりさ夜中を聴くキリギリスの声

ラーメンかオムカレーかと二時間も迷いて昼はざる蕎麦となる

指圧師に背中押されて血の巡りよろしくなれば何処へゆかん

招かれる思いに寄りし樹の陰に柘榴ひっそりと実を晒しおり（東京・品川寺）

医者たりし同級生の索漠とした晩年は斎場に知る

多《おおの》さんの訃報届きし夕暮れは『そして白堊』を取り出して読む（悼・多久麻）

「老いてなほ流寓を重ねつ」と歌いいる持田鋼一郎　歌い続けよ

あの人を入れれば必ずトラブルが起こると言われしKさんも亡し

抜け駆けが得意であった同級の友長じたる後も変わらず

カウンセラーに冷たい感じの人多しと訝しみながら会に連なる

同僚の支離滅裂な言動に疲れたとふいに訪ね来る人

ユニクロに行き四五着を買いきたる娘と妻の会話が弾む

哀愁の街に

2013（平成25）年

ミッキーマウスの顔が大きく描かれたる寒中見舞いが君より届く

珍妙な人いなければ歌会も和やかにして有意義なもの

気紛れにエリカの花を買いきたり凹凸のなき一日は暮れて

フランク永井ばかり歌っていた友の渋い顔立ちもこの春は亡し

饒舌な引っ越し挨拶状が来て春の夕べを白けつつ読む

血管の硬さを測る若い女子に「きれいですね」と言われて帰る

内科より歯科へと歩む半日の沈むならねど弾まぬこころ

注意すればすぐに「やめます」と言ってくる老人多き界に連なる

梅花空木の花咲き盛りスジグロチョウが蜜を吸いおり六月の庭

「階段は大丈夫ですか」と気遣われいるのは私とようやく気づく

男のみ七人揃ってする歌会　月に一度のプリズンの午後

小銭入れ失せて昨日の行動を昼餉の卓に反芻しおり

脳に異常はなしと言われて八月の陽光強き坂を上れり

乱暴な電話を寄越す歌人あり歌はこの人を養わぬらし

区議たりし同級生のT君が東京よりバイクを駆って訪ね来

公務員上がりは地域に馴染み難しと聞いて一同は頷きおりぬ

日本ハム勝って夜更けに乾杯をしている家族は他にもあらん

幾十万の流浪の民を抱えつつ国が招きし祭りとは何（東京オリンピック）

迷いつつアメリカ橋を渡るころ第一に推す人は定まる（短歌人賞）

青物横丁駅のホームに流れいる「人生いろいろ」朝に夕べに

わが歌集が二万円と聞き訪ねゆきし古書店　風の寒い札幌

今をときめく者には寄らぬへそ曲り直らぬままに老漢となる

東京から来て雪中に土下座する女ありやがて代議士となる

歌の翼に託し送りし切情の返らぬままにけぶる歳月

同級生七人集い歌い継ぐ「哀愁の街に霧が降る」など

武漢まで

2014（平成26）年

ちろちろと果敢無《はかな》きものも焚きつけて越えてきたりきこの冬もまた

度し難き一人が去って和やかになりたる会に冬の陽が差す

禍事に遭わずに来たる十年余と思いつつ朝のパンを焼くなり

寂蓼の日々を埋めゆくものなきか縋るごとくに来るメールあり

「言いたくないけど、面倒みたよ」という人のいく人の顔浮かんで消える

引き際の美しくない人たちが叩かれている雑誌を買いぬ

功績の一つぐらいは言うべきと思いつつ通夜の挨拶を聞く

家永三郎『太平洋戦争』を読み了えて積年の責めを塞ぎし思い

小雨降る靖国神社の境内に桜咲きおり三月二十日

上海から鄭州《ていしゅう》を経て武漢《ぶかん》まで桃の花咲く街々を過ぎ

高速道路をバスひた走り二時間半過ぎれど尽きぬ菜の花畑

かくまでも遠く来しかなわが父の終焉の地に米を撒きたり

大陸の奥へ奥へと侵攻しついに帰らぬ部隊に在りき

はるばると武漢まで来て悔しくも黄鶴楼を見ずに過ぎたり

川底の石を洗いて流れゆく六月の濃きみどり映して（天塩川）

源を出て大川となるまでの紆余曲折は生きるに似たり

コオロギにカンタンの声交じりつつ八月尽のにぎやかな庭

富士山のあの砂走りを駆け下りし若者われら　半世紀過ぐ

集落の秋の祭りにしなやかに「夫婦春秋」を踊りいし人

廃校近き中学校の玄関にわが歌の色紙が飾られており

高倉健死んで「鉄道員《ぽっぽや》」残りたり幾寅《いくとら》の駅に献花いく束

高見順、倉橋由美子　古書店の百円コーナーにひっそり並ぶ

この庭にマルメロの実は稔れども恩師の姿久しく見えず

高橋真梨子六十五歳のステージを見て帰り来る夜汽車に乗って

侘助のつぼみ開かぬ卓上にキリマンジャロを淹れて和めり

八月の光

２０１５（平成27）年

人ひとり去りゆく気配　深雪の朝を届きし賀状の束に

「昼下りの情事」観ていてくやしくも居眠りおりし新年の午後

故郷をとおく離れし北国に老いて恩師は妻を失う

雪原の向こうに見える街明かり帰らぬものへの愛しさに似て

ひたすらに春を待ちつつ寂蓼の一首一首を積み上げてゆく

「〈よろこび下手《べた》〉の女性が苦手」と書いてある五木寛之の本を薦める

十年はあるか無いかと思いつつけ寒き街を歩みておりぬ

ああ今日はメーデーだったと気づきたり公園の広場に集会ありて

リラの木は今年の花をつけぬまま五月の庭に耐えているなり

半分も席の埋まらぬ葬儀終え同期のNはこの世を去りぬ

麦熟るる峠を越えて蕎麦屋まで辿り着きたり七月真昼

八月の光かなしも　五十年取り置きし君の手紙を捨てる

忽然と消えしスプーンや消しゴムがまた現れて夏は長けゆく

給料泥棒みたいな教師が何人かいたなと思うあの職場には

懐かしき「稚内珈琲」を訪ねれば閉じおり店主の逝去伝えて

二十年前に通いし港町の床屋も健在なりと見て過ぐ

ヒッチハイカーの若者を乗せ百キロの原野の路をひた走り来し

物置にて命終えたるクジャクチョウを九月の朝の土に還せり

束の間の夢を見させて裏切りし党ありわずか五年前なり

行ったことなけれど友らと歌いおり「坊がつる讃歌」山のケビンに

一年に一度ぐらいは着なければ可哀想だと思うシャツあり

得意げに息子を語りおりたるが捨てられしごとき晩年と見ゆ

仄明りの書棚に歌集を見ていたりわが青春の我妻《わがつま》泰《とおる》

フォレスタの「あざみの歌」を聴いており鱈の珍味をまた齧りつつ

シンプルに深く生きたる晩年か『老子と暮らす』を取り出して読む

（悼・加島祥造）

夏のかたみ

2016（平成28）年

小夜更けて大福もちを買いに行く凍れる道に足を取られつつ

還暦の祝いに貰いし赤いパンツが箪笥の底に眠り続ける

憂いなき日々ならざれど丘の上の白樺林に春の陽は照る

夢ありて励みし跡に人と来て辛夷の白い花を見ている

足下も危うくなりし老犬と五月の朝のパンを分け合う

甘栗を一ついただく思いにてかつての同輩の訃報聞きおり

森ふかく共に蝶々を追いし日の恩師も友もすでに世に亡し

声援を送りてきしがこの辺が潮どきかなと思いはじめる

朝の光に照る播磨灘《はりまなだ》さびしさは消し難くして電車に揺れる

「大人が変われば子どもが変わる」という至言書かれおり播州坂越《さこし》駅頭

わが夏のかたみ　苦境に励ましをくれし三通の手紙出てくる

三橋美智也逝きてたちまち二十年しみじみと聴く「雨の九段坂」

戦後七十一年　全国戦没者追悼式にわれも列なる

「お言葉」を聴く昼下り靖国の遺児ら五千人ここに集いて

台風は過ぎたるらしも大森さんの『歌日和』を読む　明日は通夜なり
（悼・大森益雄）

牧水の歌の解釈を問いたれば便箋四枚も書いてくれたり

邯鄲の声も絶えたる草叢をモンシロチョウはしずかに過ぎる

ゼームス坂にひっそりと建つ光太郎「レモン哀歌」の碑を眺めおり
須萸にして裏返りゆく愛憎か喫茶「ショパン」に流れるショパン
一つずつ終わらせてゆく些事・大事　冬空晴れる東京の街に

南部坂はわが家の暮らしの坂なりき幼時のわれの記憶は微か（函館）

この坂を下りて再び帰らざりし出征の父の記憶はあらず

「しんじつを恋ひさしかかる基坂《もとゐざか》」と歌いし鈴木洋いま亡し

さびしさに耐えて生きよというごとく雨はみぞれとなりて降りくる

「ＴＫＧ」《たまごかけごはん》というメニューあり寒村の駅のカフェにおいしく食べる

折々の歌　　　　　　　　　　２０１７（平成29）年

すき焼きを食べ「相棒」を見て終わるほぼ定型の元日の夜

ブレザーを買って帰れば人生はまだまだ続くと思える夕べ

どこまでも歩けたはずのこの脚を危ぶみながら往く雪の道

坂道に揺れる柘榴の実を共に仰ぎて帰り来し冬の旅

除雪車の音頼もしく聞きながら眠らんとする二月尽日

三月の寒き里わに別れ来しその幾人もすでに世に亡し

四回ほど着たモーニングが十五年クローゼットに古りつつ掛かる

花ことば「私はしあわせです」という梔子を一度育てた記憶

共に老いて先に逝きたる犬の骨を半歳過ぎて土に戻せり

年賀状の文字の乱れが気になりておりしが逝去の知らせが届く

『ライシャワー自伝』と愛用の万年筆《パーカー》がN君の祭壇に置かれておりぬ

黄の色も清かにエゾノリュウキンカ春の小川に沿いて咲きおり
（サロベツ回想）

零落の思い静めて行きしところ美景ありまた賢人ら居りき

教育目標「やさしく　かしこく　たくましく」当たり障りのなきがよろしく

担当せし「家庭教育学級」にて里人も校長も歌を詠みたり

僻村に嫁ぎて出奔するまでのあることないこと言われておりぬ

離れきてはや二十年咲き盛るエゾカンゾウの花を忘れず

映画館、本屋、床屋と別れゆく三人家族のそれぞれの午後

楽隊がつぎつぎ過ぎ行く二時間を青葉の下に立ちて見ている

はしなくも吐きたる怒り　帰りきて『暴走老人！』を読み返したり

明らかに老いを労わる言葉もて落した硬貨を拾いくれし人

「折々のうた」に載りたるわが歌が前町長の手帳にありぬ（悼・大岡信）

きもの着て晴れの舞台に立つ人を家族・歌友らが見守る夕べ

分かり合える人らとばかり歩みゆく道などなくてしかもなお往く

雪は静かにしずかに降りて逃げ場なき日常となる歳晩の街

献杯

2018（平成30）年

声高に喧伝されし官製の「地方創生」はまた萎みゆく

自転車のサドルに付きし雨粒の凍りておりぬ四月の夜明け

春近き原野の家より立ち昇るけむり希望のごとく見て過ぐ

亡き友のアメリカ土産のカレンダーが四十年を書斎に下がる

連れてって下さいという目で我を見ておりペットショップの犬は

梅花空木の花咲き満ちて風寒しまさかの時を逃げてゆく人ら

植えしのち十五年経るリラの芽の日毎膨らむ五月来たりぬ

コーヒーとチーズケーキに至るまでの長きディナーを苛立ち終える

リラ薫る道辺過ぎれば歳月に紛れゆきたるひとり思ほゆ

数学に苦しむ夢を十年は見ていないなと嬉しくなりぬ

雨の日の岬の傾りエゾニュウの花びっしりと夏を告げおり

何ごとも努めれば少しは進むことわが半生に学びしひとつ

八月の蒸し暑き日を籠りいて石山兄への弔辞書きおり

日の丸の小旗を振って送られて七十余年を帰らぬ人ら

「Kさんは無事でしたよ」と九月六日善き人からのメールが届く（胆振東部地震）

わが歌に出てくる喫茶「さぼうる」を訪ねて来たという便りあり

AKB48を歌い出す同期のYを呆然と見る

ひたすらに孤塁を守り生きたりし音楽教師Iさんも逝く

若き日を共に働きほそぼそとまた切れ切れに保ちきし絆

わが髪を何十年も切り揃えくれたる人もこの世を去りぬ

朝刊の「おくやみ欄」の一隅に西山先生の訃報出ており

知る人の一人もいない斎場を出でて富良野の街を歩めり

三十年ぶりに入りたる「助六」に塩ラーメンの味を確かむ

田井安曇の最終歌集が届きおり木枯し当たる郵便受けに

公園の子どもの像にも冬が来て帽子とマフラーを纏いておりぬ

なつかしい庭

２０１９（平成31 令和元）年

〈いくたびのうっちゃりもあり喜寿の春〉細田君《とも》の一句を読みて安らぐ

人生の岐路にことばをくれし人らも逝きて二月の雪は降りつぐ

長寿祝いの一万円を振り込んだと互助会よりの通知来ており

能書きを並べる者には気をつけよ　春の妖気に出る老婆心

ふるふると辛夷の花の散る道を過ぎて平成最後の夜へ

山間の医院に九年通いたりふところ深き医師を頼りて

アクティブでなかりし我も『唐牛伝』を読めばしみじみと往時を偲ぶ

食足りて落葉に深く眠りいる白いオオカミ黒いオオカミ（旭山動物園）

わが犬の骨を埋めし木の下にすずらんの花咲きて夏来る

ライラックの花開かんとする午後を終末近き友を訪ねる

読まざりし未完の弔辞がパソコンに残りいて大橋君に詫びおり

牧野博士の植物図鑑と首っ引きで過ごしし夏のなつかしい校庭《にわ》

お寺参り、回転寿司にスーパーと巡りて盆の半日は過ぐ

シンポジウムに勢いおりしあの人もこの人も亡しと資料見ており

「もう若くない」と言いつつ過ごし来て本当にもう若くない夏

その人の名前を入れて贈りたるわが歌集あり古書店の奥

使わないものは捨てんと取り出せば湯原昌幸の色紙出てくる

認知症機能検査も通過して天ぷらうどんの昼食をとる

海峡の街に生まれて海のない町に住み来し七十余年

リスボンの酒場でファドを聴きたるとM君からの絵はがき届く

融通の利かない人と見ていしが心を病みて去りたると聞く

北方領土も拉致問題も復興も進まぬままに五輪へ急ぐ

夜の駅に特急を待つはわれ一人しんしんとしてまこと晩年

初めての入院の身を横たえて見ており歳晩を乱れ降る雪

出る幕を間違えるなと自らに言い聞かせ来し喜寿の日々なり

悲しき雨音　　　２０２０（令和２）年

年月を重ね結びし絆さえほろほろ解け　行く冬の道

陽春の希望に満ちて発ちゆきし多くのその後の人生知らず

会合が八つ無くなり溢れくる時間の流れを怖れはじめる

あなたはまだ若いのだから頑張ってという便り来る春愁の午後

ひっそりと祭りが過ぎて日曜日　濃い珈琲を淹れて籠もれり

暇之助になりてあまたの取り置きし手紙、ハガキを読みつつ捨てる

行間を読みそこねたる若さかな君の手紙が出できて見入る

深怨となりて残りし別れありき幾めぐりして青葉の季節

わが父の戦死後七十五年なり　特別弔慰金の請求に行く

長かりし母の戦後か粛々と昭和を送り忽然と逝きし

ジンギスカン鍋を囲みてベランダに過ぎてゆく今日の家族の夕餉

白髪を目立たなくする整髪料を買いきて老残の愁いを深む

反骨もあれば卑屈もあったなと半生の処々を振り返りみる

原稿を割り付け足りない三ページを埋めて一日は暮れてゆきたり

コロナ禍に世界が迷走する中を船長は静かに去ってゆきたり（悼・岡井隆）

習志野に逝きたる友の十八番「悲しき雨音」を幾たびも聴く

高卒後の六十年の歳月は百名近くを物故者とする

夜深き塩狩駅に乗降者ひとりもあらぬ列車に居りぬ

午前三時に覚めてラジオに聞いており川田正子の「鐘の鳴る丘」

見せしめとなって潰されゆきしもの『拓銀―敗戦の記録』を読めり

感染者が百人を超え授賞式は中止とにわかに連絡が来る

軍配のような落葉が風に乗り朝の路上を流れゆきたり

五千円の弁当を配る代案で新年会は中止と決まる

孫を連れてペンギンの散歩を見に来たる中地俊夫もこの世に在らず
（悼・中地俊夫）

先達も友らも消えてゆく街に辛くも生きて歌わんとする

晩秋賦

２０２１年（令和３）年

曇天の下にざわつく松の木もわれらも共に冬を生きゆく

必携はマスク・携帯・小銭入れ　老耄ひとり街に出る時

オンライン開催となりし「冬まつり」に天ぷら蕎麦の立ち食いならず

「旺文社の豆単」というラジオネームに郷愁を覚え一曲聞きぬ

電話魔となって敬遠されゆきし元同僚の晩年を思う

それぞれの十年の後を競うごとテレビは映し　寒々と観る

凱旋をしたるごとくに木々たちが雪の中より現れきたる

一歩また一歩の歩み　三月の白樺林に春の陽が射す

「任期中に八十歳になる方は除いています」とわが名はあらず

馴染まざる「勝ち組・負け組」という言葉目に入りてすぐに雑誌を閉じる

存《なが》らえてまた逢うリラの香のごとく人を思えり五月の朝

「がんばり過ぎず怠けることなく暮らします」九州からのM氏のメール

挿し木して三年ついに咲き初めし梅花空木を机上に飾る

オホーツクの砂丘に開くハマナスの群落を見し遠い夏の日

暑き書斎にシェイクスピアを読みおりし八十歳の恩師思ほゆ

棚の隅のマスク置き場にまだ残るアベノマスクという笑い種

わが町のホームページに「感染者0」と出る日はこころ落ち着く

これと思う人あらば確と伝えよと言いくれし蒔田さくら子に謝す
（悼・蒔田さくら子）

パソコンのライブ配信にペルセウス流星群の星が流れる

ロバート・デ・ニーロ「恋におちて」の舞台なるニューヨークの駅を訪ねし昔

「一生のお付き合いを」と言っていた人もさ霧の中に消えたり

行き暮れて座す霜月の階段にやがて侍まん人らを思う

剣ヶ峰に立つ思いにてありふれば高鳴りてくる冬の足音

喘ぎつつ八十路に到る冬の日はすき焼き鍋で祝われていむ

くさぐさの思いに沈みまた浮かび生きゆく日々を楽しまざらんや

クリームパン

２０２２年（令和４）年

気取り多き歌人の歌も読み飽きて落葉《らくよう》繁き木々を見つめる

真贋の分かち難きが増えきたるこの界からもそろそろ退かん

買い物に指圧に作品添削に時が流れてゆく幸ありき

過ぎゆきし夏の光よ「ラ・ボエーム」を聴けば涙が滲みてくるも

嫉妬心露わに我に寄りきたる同期のKも遥かなる死者

カレーライスの後には必ず珈琲を飲む習いにて三十年過ぐ

梶光夫老いて歌える「青春の城下町」大みそかの夜のテレビに

豊かなる明日へとにじり寄るごとき時を積むべし　年改まる

いく年を隔て遇いたるその人はやはり軽々と物を言いおり

長く持ち来し亀井勝一郎全集を寄贈して棚に隙間を作る

クリームパンが食べたくなって行きたるが「八天堂」は撤退しおり

おろおろと虚空に浮かぶ日々にして歌は生きゆく台《うてな》ならんか

降る雪に白いマンション霞みゆくおおつごもりの団欒あれよ

傘寿まで生き延びて来し幸せを思えよ雪の降る誕生日

あとがき Ⅰ

西勝みどり

本歌集は、前著『サロベツ日誌抄』に次ぐ、夫の第五歌集になります。二〇〇二（平成十四）年の定年退職後の二十年にわたる作品をおさめてあります。

夫は、今年一月三十日、間質性肺炎で亡くなりました。その前日、「数年前から歌集を出す準備をしている。原稿もすでにできあがっている」と、私に、はじめて話をしたのでした。

そして、これが、学生の頃から六十年近く短歌を詠み続けてきた夫の、まさしく最後の言葉となってしまいました。

私は、夫の短歌に関する活動については、何もわかりません。夫の所属していた「かぎろひ詩社」「短歌人会」の同人であります、桑原憂太郎氏、柊明日香氏とご相談し、夫の遺志をかなえるため本歌集をつくりました。六花書林の宇田川寛之氏共々、編集・装幀にいたるまですべてをおまかせし、多大なご尽力をいただきました。

なにより夫の作品をお読みいただきました皆様に心より感謝申し上げます。

二〇二二（令和四）年八月

あとがき Ⅱ

桑原憂太郎

本歌集のはじまりである二〇〇二年は、著者である故西勝洋一が、北海道の公立中学校の校長を定年退職した年であり、いわゆる「第二の人生」のスタートの年であった。

その年の四月より、旭川市内の高校の英語科講師として一年ほど勤務。翌年の二〇〇三年には、「悩める教師を支える会・旭川」を立ちあげ、教師のカウンセリングに関わる。また、東京のＮＨＫ学園の通信講座（短歌）の添削講師、地元結社である歌誌「かぎろひ」の編集人、そのほか、短歌関係の役職や選考委員や各種執筆の依頼が続々と舞い込んできたのもこの頃である。

二〇〇四年からは、「ハローワーク・旭川」の職業相談の支援員としてフルタイムで勤務。仕事の合間に、キャリアコンサルタントの資格を得る。「ハローワーク・旭川」には三年ほど勤め、退職後は、地区の民生委員などの業務についた。

一九九六年から続けていた「短歌人」の編集委員は、二〇一六年に辞退するまでその任にあたった。

そうして、短歌に関わる多くの要職や業務を担ったまま、二〇二一年の冬に入院し、ひと月あまりの闘病の後、翌年の一月に亡くなった。八十歳であった。

本歌集の作品については、二〇二一年分までは、故人が生前に自選したものであり、タイトルの『晩秋賦』ほか、小題、配列等すべて自身によるものである。
二〇二二年の十余首については、雑誌等に発表されたものの中から、桑原憂太郎と柊明日香が選んだ。

装画の作者である故石山宗晏氏は、著者とは二十代の頃よりの盟友。お互い歌人として、また、歌誌「かぎろひ」の仲間として、北海道の歌壇を伴走した間柄であった。歌集のどこかにある「石山兄」が、その人である。

二〇二二年八月

晩秋賦

2022年 9 月28日 初版発行

著 者——西 勝 洋 一
〒070-0058
北海道旭川市 8 条西 2 丁目 1 - 17
(西勝みどり)

発行者——宇田川寛之

発行所——六花書林
〒170-0005
東京都豊島区南大塚 3 - 24 - 10 マリノホームズ1A
電 話 03-5949-6307
FAX 03-6912-7595

発売———開発社
〒103-0023
東京都中央区日本橋本町 1 - 4 - 9 フォーラム日本橋 8 階
電 話 03-5205-0211
FAX 03-5205-2516

印刷———相良整版印刷

製本———仲佐製本

定価はカバーに表示してあります
ISBN978-4-910181-34-9 C0092